中国诗人

了 然

著

GAN●
干

JING●
净

DE●
的

XUE●
雪

北方联合出版传媒（集团）股份有限公司

春风文艺出版社

·沈 阳·

图书在版编目（CIP）数据

干净的雪 / 了然著. —沈阳：春风文艺出版社，2018.3（2021.1重印）
（中国诗人）
ISBN 978-7-5313-5367-6

Ⅰ.①干… Ⅱ.①了… Ⅲ.①诗集—中国—当代 Ⅳ.①I227

中国版本图书馆CIP数据核字（2018）第031260号

北方联合出版传媒（集团）股份有限公司
春风文艺出版社出版发行
http://www.chunfengwenyi.com
沈阳市和平区十一纬路25号　邮编：110003
永清县晔盛亚胶印有限公司印刷

责任编辑：韩　喆	助理编辑：刘　维
责任校对：潘晓春	装帧设计：琥珀视觉
幅面尺寸：125mm × 195mm	印　张：8
版　次：2018年3月第1版	印　次：2021年1月第2次
字　数：157千字	书　号：ISBN 978-7-5313-5367-6
定　价：33.00元	

总　序

　　中国是诗的国度。千百年来，人们沐浴在诗歌传统中，传诵着一代又一代诗人写就的经典之作。而伴随着现代社会和互联网的发展，信息的传播和接受更加便捷，诗歌的阅读与创作方式也在潜移默化中被改变，在信息量无限扩大的互联网世界，远离喧嚣、静赏诗意显得尤为珍贵。

　　中国诗歌网正是在这样的背景下应运而生。作为国家重点文化工程，中国诗歌网以建立"诗人家园，诗歌高地"为宗旨，迅速成为目前国内也是世界诗歌类互联网专业出版平台和中国诗坛最具权威性和影响力的文学阵地之一。

　　互联网时代诗歌创作的便捷激发了一大批诗歌爱好者与诗人的创作热情，他们在公交车上写诗，在工作间隙写诗，他们创作的诗歌作品贴近现实与生活，在追求好诗的道路上不断前进。春风文艺出版社有着久远的诗歌出版史，《朦胧诗选》和《汪国真诗词精选》曾一度畅销。近两年，春风文艺出版社一直致力于打造优质诗歌的品牌。本着推介中国当代诗人的原则，中国诗歌网与春风文艺出版社决定联合推荐出版"中国诗人"诗丛，共同打造"中国诗人"这一诗歌新品牌。该诗丛计划出版百部优秀诗集，在注重诗歌质量的同时，力求结合互联网与传统出版的优势，通过直观的文本呈现向读者介绍一批热爱诗歌、坚持诗歌创作的诗人，以期汇集中国当代诗歌优秀成果，展示当代诗人的创作实绩与创作风貌。

　　作为国家文化工程的中国诗歌网，推出"中国诗人"诗丛，也是在整个民族复兴的伟大进程中展示中国人崭新的精神风貌。因此，我们在百花齐放的诗坛，特别关注有家国情怀的厚重力作，提倡来自生活的独特发现，鼓励创新探索的艺术精品，推崇高雅纯真的诗情意趣。我们希望这套"中国诗人"丛书是体现诗坛正能量，能够引人向上、向善、向美的诗歌佳作。

　　我们满怀期待，我们也真诚希望广大诗人和诗歌爱好者关注这套诗丛，与诗同在，我们为此感到自豪和幸福。我们期待更多的诗人加入我们这套丛书，我们也期待这套丛书走进更多读者的心田！

叶延滨

2017 年中秋前夕于北京

目　　录
CONTENTS

微雨轻风

目　录
CONTENTS

目　　录
CONTENTS

目 录
CONTENTS

目 录
CONTENTS

目　录
CONTENTS

目 录

CONTENTS

故乡的云

目 录
CONTENTS

目　录
CONTENTS

目　录
CONTENTS

目 录
CONTENTS

目 录
CONTENTS

目 录
CONTENTS

微雨轻风

芦苇指向风

我还没有死去

我用一生读一枝芦苇的成长史

大片的芦苇又活了过来

假如我活到七十岁

就能看到它们七十次的生生死死

这是何等的壮怀和悲戚

我爱芦苇

是因为它们头顶也有风

也会满头白发丛生

也会不情愿地摇一摇，顺向风

也会弯下纤细的身子

沉向水底

一些晃动的词

我的诗
只是一些晃动的词
是我收自民间的瓷器
易碎。在我的笔下
坦诚相处

把玩瓷器一样
我尊重写下的每一个词
如我敬重的人
更像捧在手心里的露珠
或呈给过路人的一杯清水

我从不给它套上枷锁
赋予神圣的使命
像我一样喜欢自由
我，我的诗，还有我心爱的瓷器
合在一起，就是幸福
是闪烁的油灯

一场雪将所有都荒废了

天空觉得人世太丑陋
它哭了一夜
收不住的眼泪
结成一张干净的白纸
它把所有都荒废了

穿孝服的人又开始出发
找寻美好的人和事物
他们祭祖，撰写碑文
拂去每一座碑上的灰尘

觉得能拥有一块碑的，不是亲人
也一定是个好人

城春草木

你是第一个逃离了城市的人
抱着你的草木

在臆想的路上
设置栅栏
缔造伟大的理想

尽管你疼爱柔弱的草木
但有那么多的花朵嫁接在了你身上
像晶亮的晨露

种植草木的时候
你就虔诚地忏悔
脸一直朝下
尽可能地接近尘埃里滚动的
每一粒泪滴

飞蛾扑火

一只小小的飞蛾，扑进我的灯罩下
它看见了光亮
它知道扑向灯光的结局
但是它扑上去了
牢牢地把自己贴在光壁上

我所期望的远方就是阳光照彻的地方
有一些山水，有清新的空气
互不相识的两个人为同一首诗感动
相亲相爱

在夜里摸索了很久的我
已经迫不及待了
哪怕是只萤火虫闪着微弱的光
我也会扑上去
像一只冷怕了的飞蛾

抗　体

一个经常吃药的人
不会轻易被吹面的寒风刮倒

他已误吃了很多的药
中了很多种毒

以毒抗毒
以身试毒

他坚硬的骨骼
是污垢紧裹的一块琥珀

证　词

我是一个流放许久的证词

被打回了原籍

在湟水河边做短暂的停留

解开衣襟，掏出心脏

和弯曲的肋骨

将布满老茧和霉斑的双手伸进水里

流水像四月的柳丝

又像我忍了又忍的泪水

我觉得，我是个清凉的人

父亲的犁铧，母亲的月牙镰

和我一样，都是证词

证明这片黄土，除了埋人

还能生长庄稼

来养活我们

和牛羊一样温良的证人

有 时 候

有时候，路像链条一样断裂开来
让我独对深渊和迷茫
有时候，对一本书的主人公
会流下莫名的泪
而此时有一些话没有对象
如落在地上的雪，没人疼爱
揪头发，拿脑袋撞墙
这自罚的动作生下来就会
有时候这些动作
会采取主动

生 活

还没有看到的
我听到了
还没有听到的
我感觉到了
像耳旁刮过的风

一个被时光捉弄过的人
不再趔趄
稳住一把患过癫痫的老椅子
只想护住内心的镜子
不再被坚硬的石头打破

只想沧桑般地苍凉
苍凉般沧桑

行　走

啜过稀粥
把自己放松在乡间小道上

来来回回的这段路
尘土荡起来又回落到土里
路上的叶子
被风带入寂静

俯身，我看见了去年的那根小草
它被一条枯枝压着
在努力生长
像乌鸦生下的乌鸦

天上，北斗星那么亮
在我离开时
身边的那根草
它扭伤的腰，又拱动了一下

炊 烟

这条无辜的河流

有百般的无奈

它向天空流，上面有好人间

淌着淌着就断流了

被浩大的天空扼断了脖颈

它四散弥漫开，破碎

像漂泊的小雨

如苦涩的泪

覆盖那些难以言说

而又不可遗忘的事物

洗　脸

每天早晨，都要面对一盆清水

照一照昨天的我

然后，把水打破

再把昨夜打破

把清水一点一点掬上脸

这时候，我多么虔诚

像祈祷，像忏悔

渴　死

地球表面的百分之七十由水构成
能动的，能张嘴的大都是鱼
不断调整泳姿
侧泳、仰泳。学会闭息，长时间潜水
在水里找水
如牛羊走过草地

为找一片适宜的地方
鱼，纷纷渴死在汪洋里

旧语新说

有些说不清的话，就让它含糊
有的话伤人，最好不说
还有些说不出来的话
就烂在肚子里

笑着面对再次光临的贫穷
永远伸出手掌迎迓阳光
多瞅几眼路过的美女
这小小的激荡不是犯罪

摘自己够得着的果子
没有苹果，就去土里刨果腹的土豆
不要过分欣赏鸟儿的叫声
换个场景
草丛里的虫鸣
也有梦幻的潮音

一 盏 灯

又想起那个油尽灯枯的夜晚
大海一片迷茫
温暖的灯光被风暴掐灭
唯有恓惶，让我的心更凉

再点一盏灯吧
在荒无人烟的路上
灯芯是母亲孱弱的身子
灯台是孝子的跪姿

无论回家，还是远行
有一盏灯亮着
是前世修来的福分
多么像母亲喊着我的乳名

陪黄河走了一段路

这里的黄河一点儿也不臃肿
它瘦小的身子被峡谷裹挟
匆忙赶路
仿佛出去了就是另一片天

一直走的是弯路
有时候，我们都会在拐弯处慢下来
望一望，天上的白云

橙 子

你，已在桌上摆了好多天
但我不忍心将你切开

我的身子，旧疾时常复发
有切肤之痛

你是水做的骨肉，我知道
一打开，你就会流泪
像南方柔软的女子

就这样放着吧
或者换个位置
让昨天的阴影朝向窗口

一直就这样看着吧
浑圆的乳房，小小的太阳

对于一种美好的事物

动用刀子是卑劣的

我只能用想象

一点一点地，触摸你的真相

雨

一滴、两滴、三滴
互不相干的雨
落在地上
抱成团
抱成一片汪洋

短暂的相会，永久的分离
一道流进稻田
一道跳入峡谷
另一道，说是奔向大海
却一直下落不明

我 情 愿

在苍茫高地，内陆平原
站成一个"人"字
情愿微微举起双手
表达我爱的勇气
上仰脸庞，慈悲多于伤悲
尽管大雁南来北往在做戏
风沙吹着冷凉
一棵遭到雷劈的树一半还活着
叶子上的阳光依然鲜亮
我是一株在春天里还魂的草
越过冬季
我告诉每一个爱家的孩子
春天栽树，秋天收籽

通 道

我走过的地方
一枚松针静悄悄地落在地上
松树还在长
我轻贱的肉身
只是旁边斜生的一根枝条
呈抛物线
又像是乡下的小道
杂草丛生

朝 代

乌鸦也是一名执着的考古者

它去的地方鸟兽已散

它发现前朝今世的太阳和月亮

亘古不变

它预测下一个朝代亦是如此

善变的是高傲和自卑的人心

如一个朝代的乌云

如一柄高悬的冷兵器

河床改道

峰顶上争天下第一

枯草断一节，再续一节

延续三山五岳的血脉

谷 雨

似乎春风还没吹过峡口
一地梨花就像告别
这是春天的最后一道通牒
雨开始穿越谷口

地，湿润润的；天，蓝莹莹的
抓紧时间点豆
别让雨水荒芜地流走
欠下秋天的债

打 铁

一块铁

被我打得

火花四溅

它叮叮当当的尖叫声

令我兴奋不已

这是一个妻子难产的呻吟

是湟水的低吼

它与白马寺檐角上风铃的声音

是同一种金属的碰撞

走夜路的人

会收到我热烘烘的信号

一个徘徊在峡口的外乡人

收紧散乱的心

我制造的镰刀、锄镐

越来越多地成了世态的炎凉

而我仍然跟一块铁较劲

将哭声、笑声

我的生活

铸进一块不会生锈的铁

回　身

当你感觉不再有痛时
那是因为它走了
在流水中抽身
大道间侧身
只为，看一眼你的真容

空荡荡的人世
唯有你独坐其中
水在壶中尖叫
柴依然在火中羽化

爱

假如有一天，不再纠缠于爱
那是因为，对于爱
有了更深的解读

树杈间鸟巢的孤独依然在
鹰还在高空盘旋
秋野里，一个农夫还在收他的麦子
像一盘已决定输赢的残棋

不说我们已不再爱
凉夜里，萤火虫在飞
拙言再说出来，显得多余
一个知冷知热的"嗯"字
将心里的白天，还有黑夜
收进自知之明里

知 情 者

它们活着，就是为了竖起耳朵

多听些人间的风声

它们摇一摇，将心里的话

说给另一株向上的草

取自己内心的火

像平原上的河

低缓而绵长

手捧的草木经，被诵念了千年

依然博大精深

它们，视死如一朵雪花销魂

生是匆匆赶路的流星

一纸休书

土地，什么都懒得长了
什么都不长
它，只是一纸空白的休书
和背井离乡的薄情人
——绝情

你

被一场大雨淋透时

你没有出现

被一件小小的悦事感动时

我涕泪盈眶

你也没有出现

但我还是将所有的感激

和被风雪禁锢的心

都献给了你

大地上的草木还活着

它们是你的耳朵

伤 口

一块轻浮的石片，连续在水面
挥刀，试自己的锋利
自愈伤口的水呀，它载舟
却让入侵者折戟于泥沙

一个猎人穿越荆棘，荒野之中
在雪窝子里舔着自己的血
伤心、伤情之躯
要不断地让伤口开花
来保持清醒和警觉

一条河的悲伤

今天，我的忧伤是一条河的忧伤
莫非你像我一样
将葬身泥土

那些幸福的人，只看到
你哗哗地溅起的喜悦
没一个人会发现、怜悯
你体内隐忍的暗伤

两岸的世界已足够宽大
是你的身子骨萎缩的缘故
充满了爱的世界
你的兄妹，有的已经
渴死在大海的路上

瘦得载不动一叶舟，一份留恋
你将把更多的荒凉抛给荒凉

灰尘里有我们的指印

吃饭、写字的桌子上
留有我们的指纹

我们都在灰尘里摁下了手印
写下出卖自己的供词
献身薄凉的爱
铭刻切肤的疼痛

一场六月的黑雪
铺天盖地拥抱我们
一粒灰尘压着另一粒灰尘的呼吸
相互指证，认领

有一片天空是泪洗过的

有一片天空是泪洗过的
跟湖水一样蓝
清除了雾霾的心哪
最适合用爱这个词表达
喜欢春天的颜色
是因为望穿了冬的干燥和凛冽
将心掏空了
才能盛下天空一样多的湖水
一株狗尾巴草
从夜晚流泪到天亮
是因为心里装满了慈悲

针

一枚针愈磨愈细，也愈发亮
它穿透时光，知道两片布之间的风有多大
两片相望的布需要穿针引线
才能捂紧跑风漏气的日子
留住温度和火

针需要有双手把控
才不至于走歪、走斜

多年来，母亲用她那枚针
缝过我的褂子、袜子、鞋以及我脖子上的围巾
那针一直顺着我面部的表情走
缝合被风雪冻裂的伤口

而母亲操持着针的那双手
时常裸露在风里
寒流弯曲了她的指关节
像秋风吹折的苇子

我渴望的一场雪

你的文静和典雅是我所渴望的
我不要你铺天盖地
随北风飘荡无际

冬天的衣服那么臃肿
世间的事已让我足够沉重
我要你晶莹地栖息在我的额头
在我手心里融化

你来自上天对我的眷顾
是慈悲的泪水
从昨晚开始你一直下到清晨
只为将苍凉掩埋

一粒，一滴，你落在梅上
红梅笑了，开的是你纯粹的心态
真喜欢你的名字，小雪

一朵蘑菇的生命如此短暂

我出生时必有一场雨，清洗之后

大地湿润，泥土松软

有无数的露珠挂在草尖上

像遗落在大地上的云朵

我撑开一座座小房子

位置必定选在一丛草之间

或依着一棵大树

我的天空多数蓝得能掐出水来

有时候乌云翻滚

我鲜活的生命保质期不长

等不到一场山洪暴发

就会自行枯萎

我希望第一个进山林的人发现我

身边的小草替我活得久些

生活没再疼醒你

母亲说，想睡一会儿
这时候，健壮的人还在下地干活
黄昏还未来
这是你第一次枕着儿子的胳膊
像个调皮累了的孩子
你说，老毛病了
吃片药，睡一觉就会好

而这次，你对明天产生抗体
这一睡，你睡过了明天
生活没再疼醒你
它，原谅了你

用心走路的人看得见人间烟火

两只鞋子，总有一只不那么合脚

重心总会往一边靠一靠

掌握了减压的技巧

你有点小偏心

每个人的眼睛都是一大一小

一只看天，一只俯视人间

人间的路总是坑坑洼洼

你拿心来交换，用心衡量

看见人间的烟火

像炊烟，在山坡上打打闹闹

骨折的人说，我只是轻轻摇晃了一下

骨折的人说：我听到了骨头在说话

它碎裂的声音被挤压出来

躺在床上，重新接骨需要静卧

增加钙的成分

需要把气再次提起来

形成骨气

假如还会骨折

也不再是旧疾复发

偶尔的骨折

只是轻微地摇晃了一下

明天我要种红薯

明天是立春的日子

犁铧已擦得锃亮

回到春天，牛也耐不住慢腾腾的性子

似乎嗅到了青草的味道

我在晴空下选择种子

越过冬天的红薯依旧鲜艳

我要做一个认真的农民

像过世的父亲一样，做不了太大的主

只会伺候土地，亲近胖乎乎的红薯

将它们再一次种进土地

让它们相爱，再生育一窝小红薯

这是一件不悖于春天的事

是我喜欢的事

蚂蚁最先预知暴风雨的来临

蚂蚁一生都在忙碌

不停地搬家

搬运散落在地上的面包屑

一粒米

就需要很多只蚂蚁齐心协力

需要一天的时间

地上的东西愈来愈少了

它们就开始练习爬树

去挤富人的门缝

乘一枚树叶抵达彼岸

乌云低下来的时候

大地上黑压压的蚂蚁

最先预知一场暴风雨的来临

爱过的秋天

这个被你爱旧了的秋天
光秃秃的，像一座废弃的矿山
大地上，风反反复复
照亮的灯笼时明时暗地走着
难以揣度
乌鸦的羽毛开始亮起来
一枚留待采撷的红果子
还在枝头苦苦相思
而你过早白头
你忧郁的爱此刻堆满了矿渣
等一个有耐心的人
来找寻矿脉

不必言伤

其实，路上的风每年都在刮
苗木、小野花在原野独善其身

当自己是一株艾草
不必刻意模仿牵牛花
总有一些眼睛会看见你
比如低首的牛羊，路过的松鼠
结伴而行
在一块石头上歇脚
可以大胆地直呼对方的名字
把荒凉喊热乎

不必说痛
像蚯蚓一样学会疗伤
在泥土里穿行

剩下的日子

我触摸到的光已不那么强烈了
太阳，更像是一只素面朝天的陶罐

我扣紧每一枚纽扣
贮存和抚摸每一缕低下去的光线
我开始关注天气变化
想知道冬天的风速而提前设防
我开始变得婆婆妈妈
开始翻那些旧照片、旧日记
每天在旧时光里折返
偷偷看一下书中枯萎的红玫瑰
每天望着女儿出门的背影
我会暗淡好一阵子
女儿露出洁白的牙齿
我头上的天空就变得湛蓝而晴朗

抱残守缺
在盛大的世界里
我平静，如一面折光的镜子

我在薄冰上走着

屏住呼吸

怕脚下的冰会碎裂

我想抵达的小木屋还有一段距离

窗口上招摇的春天娇艳无比

那只是一个小女人的气息

却耗尽了我的一生

脚下的路在一块块断裂

而我没有翅膀

我只能侧身避让

不去碰撞，不去以命相抵

我只想轻轻地

抵达我饱含的忧伤

像一盏灯，在天亮时刻

熄灭

芦 苇

芦苇其实不那么坚强
只是她们把身子靠得很紧

风来了，就会有大片的哭声
泪水漫天飞舞
一株芦苇沉入水底
一株芦苇倒伏向湖面
一株芦苇在风中瑟瑟

真像李家三个兄弟
老大已故
老二病在床铺
只剩老三独撑着祖传的家业

秋风吹走凉

秋风吹过平原，吹向高原

吹过人们的心

把人间的声音弄得很响，很大

树还在风里站着，芦苇紧随其后

少了一只耳朵或一条胳膊

它们晃了晃

又抬起头，望向天空

被风吹过的湖面

幽蓝而澄澈

像一面干净的玻璃百叶窗

太阳照在头顶

更像是成熟的向日葵接近大地

清晨走路的人神清气爽。秋风

吹走了他们身上的凉

痛，在阳光惠及不到的地方

看见那面墙了吗

像一位老妪

有很深很长的裂缝

是阳光无法穿透的真实存在

她更像我隔世的亲人

每天站在纵深的风雨里

抚着伤口，眺望乡下那些顽固的丘陵

拉长夜半时分沉闷的咳嗽

我赞美阳光

我更疼爱那些阳光照不到的地方

那些老实人，那些温顺的牛羊

那些唰唰漏下去的尘粒

让我痛彻心扉

原　谅

我原谅一只麻雀偷食地里的麦子

原谅蜗牛原地打转

忍痛，忍下一切的悲伤

世上有那么多被遗漏的阳光

有月光宝盒里的秘密

足够我一生痴迷和探寻

原谅所有能原谅的

放下一切该放下的

我向黑夜宣战

多流血，但不流泪

我原谅善良犯下的小小的错

我拒绝罂粟花含毒的舌头

哀 歌

我希望这是唯一的单曲
这微微的苦凉

渐深的秋里
红的火，黄的金
遮盖不了鬓角白发的丛生

你在听吗
我凄楚的泪里，最后闪烁的光芒
如一片大海
拍向你坚守一生的窗棂

皮　囊

多年过去，经历风雨的侵蚀

我只剩一副皮囊

包裹着我的骨头和一颗虔诚的心

我用骨头走路

用一颗日渐苍老的心继续想人间的事

每天我用一小块酥油养胃

并分出一半用来洗心

清洁落满灰尘的四肢，摊开在阳光下

让它们柔软，充满慈爱

在人世我已了无牵挂

我的牛羊正在走向丰沛的草场

骑马已不再是为了狩猎

我只栽植一种植物，命名为阳光

尽管地势偏西

但温度足够适宜

还有我一腔殷红的血

哑妹的话

我毕恭毕敬地认真过好每一天
我只用眼睛对话、走路
还有一颗用清水洗濯过的心
每天我跟门前的花楸树打声招呼
用微笑向清晨走路的人问好
觉得他们都有菩萨的心肠

我把许多的小脚丫子留在沙滩上
那是我一路走过的轨迹
在我未来得及转身
它们尽数已被浪花抹去
就像戴在发际间的花蝴蝶
被风吹落于失语的雪谷

我把许多的想法说给天空听
它只听讲，既不顺从也不逃课
天空跟我一样

是一个不爱说话的孩子

安静地

把目光投向打马喊山的人

像雪一样消失

总有一天，我会随着一片雪花消失
那些被水渍掩饰过的脚印
将被我一一收走

黄河象消失的地方
像放生自由一样，放牧我的马儿
撒欢，洗尽它身上的劳顿
为它背负上精致的饲料

我不再放声悲歌
亦不过度欢愉
只是想让一场雪，压住我的悲伤

若还有最后的小小的一点愿望
愿流水清白
下在人间的雪
是洁白的花

空 酒 杯

我最怕主人生气的样子

怕砸在桌上的痛

一起来到尘世的伙伴已碎于尘埃

我被捏在主人手里

战战兢兢

总有一天我也会消失于热闹的尘世

我不想空空而去

主人哪，请你最好斟满烈酒

让我满载而归

飞

一只飞走的鸟
必有它离开一棵树的理由

读一本书，中间
一定有合上书，回味的章节
潦草地写完一个故事
注定有遗憾和失落

其实，因果的风一直在吹
不放过任何角落
天涯，是两颗摇晃的星
伤心，欢喜
中间的路，叫泥淖

微凉的爱

抱紧自己

收拢那些懒散的骨架
还有在雨雪里晃悠的灵魂
绑起来，穿在一块儿
让那些微弱的磷，抱成团
制造火苗的声势

抱紧自己
不只是为了增加温度
像一块被时光涂黑的乌石
在无月无星的今夜
我将泛起金属般灵性的光泽

不会再散架
四面苍茫
我把自己越抱越紧
像滚动的雪球
里外是一致的白
但我更是丛林中的一棵红桦树

随四季轮回脱去一层层老茧

把自己抱紧

一颗坚实的心，在秋天燃烧

一场干净的雪

雪，再一次从老家的天空出发
走过落寞的南山，走过忧郁的北山
走向每一个浮躁的死角
横跨苍茫的大地

雪，前赴后继
不断用死亡换取新生的成长
雪走过的地方
大地的眼眶里盛满冰凉的眼泪

太阳，这贪婪的大嘴
一口一口吃着雪，毫无顾忌
干净的雪
又白又肥地漂洗着人间

这 条 河

打我记事起

这条河就弱弱地流淌着

像我贫血的童年

承载不了一艘船

只有上游的落叶或麦粒漂下来

在下游安家

像父亲把身子埋进麦浪

我在河里漂荡，过着咸淡不一的生活

春天，我用它来洗手洗脸

跟着它走进菜地麦地

仿佛自己就是一块地头上的春天

当它如秋天一样饱满、激动时

我钻进它的体内

洗我肮脏的身子，让肌肤充盈弹性和张力

这条河，最终融入黄河

跟着黄河走向远方

它像一条鞭子

驱赶我追求剩下的日子

向 日 葵

一朵向阳的花
面向太阳，让天空包容
在甜蜜里贪欢、受孕

阳光从正午走到黄昏
你历经一生的沧桑
那些饱满的孩子，像幸福
抵达你的体内，富有的江山哪
头颅垂向大地
是羞涩、沉甸、感恩
已忘记躯干上雹打的伤疤

秋天是一份兴奋，更是一种疼痛
你果敢地撕裂坚硬的胎衣
那么多孩子蹦了出来
像大地上的蚂蚁
蹦蹦跳跳，遍布田野

异 乡 人

总觉得离家很近
却总走不进你心中的村庄

熟悉的是路口等待的那杯热茶
等你喝凉了
又催促你上路

下一个路口的茶碗
等着把你煮进去
一杯熟悉而又陌生的茶水
漂着一个总在远游的客

石 头

一堆石头，被流水推来搡去
有的原地不动，有的走出了家园
有的不知所终

总说流水无情，但淘洗过后的清凉
和阳光是并存的两个样子

一块奇形怪状的石头
在名人手里成了名
一块敦厚的石头被庄户人家做了基石

浪花拍到的石头像欢快的少妇
无人问津的石头被遗弃在路边
等它们坐到一起时
知晓都活了同样的一把年纪

是石头就做一些石头该做的事
比如路基，被砌进墙

鸟儿们滑向草丛

暮色四合
鸟儿们都滑向草丛

在高枝上待久了
远方被望得脖子酸痛
那些不安分的心
被高空的惊雷击伤
它们的姿势缓慢地贴近地面
哀其不幸
试图与大地保持平衡

在草丛，萤火虫为它们引路
最贴心的是茂密的蒿草
给了鸟儿们躲避黑夜的窝

太　阳

人世一天

你走完了一生

清晨的你鲜嫩如婴儿的粉腮

没有云，风也不怎么吹

你的童年和我没什么两样

青春期你路遇劫难

乌云笼罩了你，电闪雷鸣

你孤独地泅渡于苍茫

晚霞里你已彻悟

浑圆地坐在接近尘世的边界

慈眉善目

把浑身的余温和顿悟倾洒给大地

敦煌的沙子

被流放的子民

洗着日光浴

贴骨挨肉，干干净净

过着简单、朴素的生活

轮番坚守

风带走一批

急急忙忙又赶来一群

沙子，浩浩荡荡

在埋与被埋的路上闪烁

一只觅食的麻雀

我是一只麻雀

奔波在辽阔的田野

为我的诗寻找合适的词语

为躲过天空中的阴影划伤我

抱紧翅膀

我来不及喊一声疼

在平原上飞翔

怜爱与我等高的油菜花

还有农夫散落在人间的麦穗

和我一样的穷亲戚

我的肠胃里

只有粮食和草屑

它来自博爱的土地

煮　茶

刚开始，你真不听话
削尖了脑袋总想往上爬
幸亏有滚烫的水
灼痛你的虚妄
慢慢地水淹没了你
慢慢地你懂得了生活里有风雨
在江河里摸爬滚打
冲泡三遍
淘空了体内的所有
你静坐杯底
像几根剔光了肉的瘦骨头

仰 止

父亲，你一生以梦为马
兼备了牛负重的品质

你指着铁轨问我：这条路能走多远
我羞愧，你却淡然地说
我犁地来回走过的路远大于万水千山

一片树叶的阴凉下
你把熬过几遍的凉茶喝个精光
坚信喝完了苦，地里的庄稼就该熟了

旱烟袋总叼在嘴上
你大口吸大口吐
就像把心里的委屈吞下去
消化成一缕轻烟

你是我心里跨不过去的坎
揪着我的疼痛

你即使变为一座小土丘

也远远高于我

高于我对所有的仰望

感　谢

说出这个词，我一脸羞愧

觉得这轻浅的词语

难以叙尽我的本真

懂得感谢是善良的人

感谢路上硌疼脚的石子

我揣了大半生

感谢雨雾里滑过的那把伞

飘过了我的华年

甚至，我感谢自己

吃着粮食，想着粮食

希望着人间的美好

对于伟大的生活，我真的感谢

一只生不逢时的兔子

机警、倔强，皮肤有点黄

我还在认真寻找茂盛的草叶

与 己 书

逐渐慢下来的时光里
雨说：停下或放下
风在一旁鼓动
来，我拎着你奔跑
钟声在苍茫中一直响着
有平稳趋缓之势
来自平原的河流
举着高粱，披着芦苇
步子挨着步子
我踩着苍凉之水

思 乡

斑驳的岩石

任一海的水怎么摇晃

也动不了身

月儿只有涨满潮时

冒一下头

从春天长到深秋的一枚老刀豆

被风摧裂

几粒虫蛀的豆子

满身的疤痕

风雨一圈一圈刻着年轮

驮不动的天涯

还在远方

一点一点拨着失眠的灯芯

核 桃

天生的命苦，皮也粗实
一阵棍棒
打得你满地找牙
怎么也和苹果装不到一个筐里
只配敲打、剥皮，就差抽筋
想吃你
必先捏碎骨头

羽 毛

看哪

鹰身上掉下来的那根羽毛

在空中飞。身不由己

优美地撞向岩石

划伤自己

真想躺在地上不动

风又拎起它

奔向前方动荡的世界

毛被风吹散

剩下羽轴，像根骨头

遗弃到草丛

酥 油

一块酥油，黄成黄金
一块酥油，白成白银
塑成花，是绝世奇葩
雕成佛，为众生膜拜
点燃一盏灯，可照亮俗世的寒冷

而牦牛还在山那边低头吃草
它只想挤出更多的奶
在大雪来临之前

世间有爱

每天
我有三分之二的时间挥霍爱
觉得人世对我足够大度

我抱着阳光，阳光抱着我
阳光你真好
放下太多的妄念
轻松里活出轻松
我变得鸽子一样安逸
只是，我每天赞美母亲
却不能像母亲那样
宁愿心里流血，眼里看不见泪滴

回　声

总爱听你拍打浪花的声音
每拍打一次，我就长高一点
像拔节的麦子。在谷地
楸树挂果的那天
你重重地拍了我一下
像父亲厚实的巴掌拍在后背
把我拍向一个叫城市的地方

在陌生的河流中彳亍
我问路的石子总没能泅向彼岸

许多年过去了
攥在我手中的那块石头
最终还是投向了你的心湖
可你的巴掌
已够不着我的脚踝
我越来越矮小的父亲
站在青草倒伏的黄土坡上

秋天的白杨林

一片叶子脱离母体

绝非是它所愿

秋天的白杨林

我像一块泥土

接受秋的造访

一枚两枚，它们铺天盖地

它们想埋葬我呀

对于一块腐朽的泥土

它们与我同在，忧伤爱上忧伤

乡下的雪

跌跌撞撞地一边说话，一边赶路
在山豁垭没起风之前
它们想越过二月
去敲一个叫夏宗寺的山门

山路蜿蜒，鸟儿们还在
梦中翻身
等一场大梦醒来

飘着的雪，卧在牛蹄印里就不走了
遇到小溪就钻进去不见了
落在红头巾上就变红了

而大批大批的雪
都扑向黄土里沉睡的种子
它们抱在一起

有些东西永远无法挽留

那些绿叶

那些照亮人世的花朵

秋风一吹，就落了

放下太多的不舍

跑到山顶观景的人

天黑时，又回到原处

河一直向低处流

最后把名字写成了大海

是灯，总会灭

是草，免不了枯黄

吹过人世的风

总是一阵热，一阵凉

秋 风 里

树落光了满身的叶子

在旷野中静默

看大雁折断了翅膀

望秋水流逝了星光

没有人提一盏灯照亮前方的山谷

黄草还在摇晃

啃食草屑的牛羊

偶尔抬一下头

身子又拐入秋风的低处

万 物 生

万物生长离不开雨水和阳光
它们滋润生长
是因为有向上的渴望
和感恩的心肠

大地荒凉，积雪顽固不化
路旁有石，山涧有泉
歇一歇，让季节停留在绿草身上
咆哮的河回转身，等一等
落单的摇橹人

雨水还会再次莅临
阳光抛洒均匀
万物生，万物终将枯萎
羽化成灰
是因为爱人世，爱得身心憔悴

还说草吧

从花丛中出来
你，还是会陷入深广无边的草
与其纠缠，厮混，衰老枯黄

或许你认识它们当中的几个
但一定喊不齐它们的名字

真像是提着头晃荡的茅草哇
有的昂扬，有的佝偻
有的已经倒伏

一阵风吹过后
会有更多的草籽，亡命天涯
都姓草，它们的高度
刚好护住你的膝盖

跌落民间的鸟鸣

那么轻，像悄无声息的雪独自下着
间或引逗出一只高原腹地的红狐
亮一下它那漂亮的尾巴，如美人之媚眼
人间的雪
因承载不了我那孱弱的跌仆
像丘陵多于平原

我就是那枯枝上晃荡的一滴水珠
是羔羊投向荒原的懵懂的眸子
我向高耸的雪山求一捧圣洁
向辽阔的平原摊开一望无边的绿草

我再度靠近我的神谕
那是故乡深翻后的一抔新泥
是待将迎娶的新娘
是超越律文的一声佛语的低唤

像那些鱼儿，对着春天向高处洄游

是满目的青稞在寒冷里热情摇曳

而这些，皆是一跌再跌的鸟鸣

如清流拓向四野八荒

闪电是天空崩裂的伤口

那是一束光，是撕心裂肺的呐喊
一道灼热的疼痛

站在光的对面
我对额头、衣襟、脚面上的温度和热爱
心存感恩

额头触地，敞开博爱的双臂
我以万头牦牛奔跑的态势迎迓吉祥风
以羊的恭顺垂睑敬畏

我有恣肆汪洋的泪水
有谦卑如芥的胸怀
但我无法承接一道闪电的突袭

在不断创造的伤口上
我只能做一粒泪珠一样的盐
再次让创伤清醒

秋雨正通过我的身体

几天几夜，不间歇的秋雨
正通过我的身体

像某个最炎热的夏天
让无辜的花朵耷拉下脸庞
此刻的雨，如穿起来的风
越过秋天的坡地

我经历了高温的挤压
现在正在冷却

大雪飘成白茫茫一片时
我已经拒绝索求

知 秋

走过了半个世纪
我还是个世事懵懂的孩子
像路边踩踏的小草

唯一令我相信的是头顶上的阳光
尽管它时常被雾霾遮挡
放不下的是依靠的树
衰老得太快

在秋天
别人将金黄揽进衣兜
我却在减少体内的赘肉
将柔软的心放进道德的天平

叶子一片一片被风收走
像我小小的脚印
对于这个世界
只有雪

会覆盖所有

只是一场雪呀
会把秋带进墓地

风

最害怕的应该是风了
裹得再紧，总感到它凉飕飕的存在
雨露疼爱过的地方
风，总要抚摸一次，或多次

我抵触过大漠上的风
吞咽过峡谷里的风
我在青稞摇曳的坡地上礼赞过风的身影
那轻柔的力，醉得踉踉跄跄
像羊在草尖上晃

风刮起沙子
折断树枝
风，让一个犹豫不决的人
从冰凉里取出火种

一株红桦

日子被一层层褪去
如单薄的羽在风中撕裂
如宿命不可更改

北山的雪，每年都不期而至
在红桦身上扑打
之后，春天铺成绿地毯
之后，红桦树在减负中傲然挺拔

一株红桦，有凄美的眼睛
一株红桦，有越裹越紧的心

蜕变的蝉叫得一日比一日响亮
红桦树哇，我在你脱下的旧衣服上习字
写下：贫穷、本分

寂静之夜

失去消息
屏蔽心里的大海

月亮滑向山那边，繁星尚未抵达
用一颗低垂下来的心
问候身边的小草
互致安好

今夜没有爱，也没有雷雨
一个淡定的人贴近小草
在草丛里看瓢虫起舞
流萤飞过丛林

秋　地

微凉、薄凉、冷凉
让它们都凉在青石苔藓上
等苦凉之人

满目待收的金黄
幸运的第一片叶子呀
会砸在谁的头上

进入秋天的河水还会泛滥
随之带走早落的叶子，还有果实

这贵重的人间秋天哪
有的随割倒的玉米低下了头
有的还在肋骨上
行穿刺术

早 上 好

环卫工下班了，路面多么干净

乘着叶舟的露珠心思单纯

鸟鸣一声接着一声

在清晨接力

多么好哇，从黑夜的睡袋里爬出来的人们

富有富的模样，穷有穷的章法

都被阳光抚摸

有人去河边取水

有人为午后的一场雨准备雨具

早餐刚刚用毕

所有都显得富有活力，因为

欠下的睡眠已还清

雷阵雨之前

此刻，云朵显得很慌乱
被风牵着、撵着
地面的蚂蚁开始搬家
将库存的备荒粮抬出洞穴
堤坝太单薄了
令人怀疑

拴在门框上的狗
什么也做不了
它一声接一声地哀号
被天上的惊雷炸得尸骨无存

而此刻
我写诗的手因颤抖握不住笔
将一页无辜的白纸划伤

穷尽一生

我写的每一个词
都是一株草
我希望她绿绿的，活得久些
如她百折千回地疼爱
这个世界

我的文字码得不高
够不着天空的太阳、闪电
她像草一样铺展
如我热爱广种薄收的土地
冬去春来

脚上的布鞋耐不住岁寒的磨损
注定我走不了太远
乡下到城市，城市到乡下
我是搬运稻草和水泥的蚂蚁
穷尽一生

有条河让我终生牵挂
有种爱让我一生煎熬
我写下的每一行字
都是泪水泡了又泡的苍凉
像寒山上化不开的白雪

入 冬 帖

此时，雪花还没有飘下来
冬天的咳嗽应声而落
最贴切的譬喻就是那一堆落下来的金黄
披着霜的白菜
和山坡上白的、红的桦树
苍翠的云杉

天上的云，来来回回
遍寻不到归途和歇脚的寒庙
像走散的风，失踪的亲人
感触河流浩大的奔放，水愈发凉了
额头、眉毛，皆有霜白和冰晶

想起了回家的路
驮盐的骆驼嚼着苦涩的骆驼草
没有翅膀，只能一步一抬首
这迢迢漠海里的蝼蚁
它小小的心脏鲜活有力

秋　歌

这是秋天的黄土塬

大片的庄稼林从你眼中消失

只有记忆中的那部分

在你心头温柔地舞蹈

无遮无拦的山坡上

牛羊在安静地啃食阳光

风的姿势很随便

感动的是你的头发

解下草帽和疲惫

是件很轻松的事情

你随便躺下来

躺成一张土塬的逆光照

让太阳抒情

让风朗诵

月 夜

今夜，风将云都带走了

只有肥白的月亮

将路照亮

薄霜也悄然落在地上

赶路人的头顶、肩上和带泥的布鞋上

落满了白

这让他更像一个孝子

刚哭过的样子

我还是秋天的土豆

思来想去，我还是秋天的土豆
谢绝黄金杯里的高贵
我在泥土里长大
喜欢做自己胖乎乎的梦

刨出来时
我深深浅浅的眼窝里
装满新鲜的泥土
我不是独生子，我以群体或连体的态势出生
一窝，一口袋，一卡车
像朴素的姐妹，像沉默的兄弟

过冬的楠木桌上，我成片、成条
炒，烤，煎
演绎清苦的人间

霜降之后

那愈走愈快的叶子
多么紧张
它们满头覆盖的白头发
像拔不完的迷茫
纷纷出逃
它们都被一股风裹挟
起起落落
在反反复复中摇摇晃晃

无　题

一只大鸟在天空里飞
它很优雅地向我们作别
它的远逝
让留下来的世界更加孤独
天空的蓝无法再有生动的比喻
就让它蓝着
像没有风暴的大海

踏实的人离大地更近了
土豆是一窝一窝生育的
每一锹挖下去
就会暴露一堆惊喜
胖乎乎的，形态各异
带着一身的泥土

想　象

看着圈里的羊群，如此亲昵

有的跪卧

有的好似闲庭信步

它们咩咩的叫声

足以让一位母亲眼里流淌出柔软的爱

看到这里，就想起自己

像栅栏一样的肋骨

因意外车祸断了四根

因陈年的负重，弯曲了六根

唯有沧桑的包浆

裹着一颗初心

如　是

还有谁慷慨而歌
将失重的大地说成富有的国度
星星有着明亮的眸子
在闪电的伤口上歌唱

大海上，拆裂的船板和桨在自由漂荡
风中摇晃的芦苇一节节枯萎
坍塌中耸立的土墙
三千年不腐的胡杨
谁能说
它们没有信仰

太阳也会被乌云遮蔽
月光下有人击缶觅醉，有人赶着马车
越走越远的人哪，正月里
被铺天盖地的大雪掩埋

一只雪豹，冰天雪地里才有活路

如一头牛，老老实实耕地

方圆天地，蜉蝣为一天而努力争取

锅台不冰凉，才会有炊烟升起

倒 淌 河

翻过日月山，有一条倒淌的河
像出家修行的喇嘛
向西匍匐

途经一滩的蒿草和石头垒高的玛尼堆
救活了快渴死的牛羊

文成公主是西去的
朝圣的人是向西边去的
它相信了那个磕长头的老阿爸

流哇流，它就流进了西边的青海湖
看见了妃子般俏丽的油菜花

昨天是秋分

昨天的白昼和夜晚一样长

它们平分秋色

只是昨夜的秋风大了一些

呜呜地刮个不停

呜呜地，一些叶子被摘走

一些尘土落下又卷起

多么不舍

多么像一个账房先生弹拨的算盘珠子

我 是 雪

我从天上降下来
就到了你家的门口

我轻叩你的门环
你假装听不见

借助一场风
我想挤进你的门缝

直到我凝固成一个大大的雪人
封堵了你的出口

我进不去
你也出不来

故乡的云

想起那些鸽子

突然想起索非亚教堂
想起那些灰鸽子
它们和太阳一同落到地面
收起躲躲闪闪的翅膀
和人类一起散步
夕阳将奢侈的金子铺设在教堂上
如此富有的人间哪
鸽子，毫不挑剔地吃着
人们的供养

毫不怀疑，那些旧鸽子
它们一定还活着
只是和我一样，又老了几岁
我更相信
来教堂前的那些男女
不一定都抱有忏悔

我不再写小草

在诗里，我写了那么多小草
它们柔弱、谦卑的秉性
被我笨拙的笔一次次伤害

这无心无意的刀子
这穿透世界无处不在的风
总在草身上试它的凛冽
总让草一寸寸断裂
一茬茬枯黄

越来越觉得，面对一株草
我是个丑陋者
我不能让一株草永远绿着
不能承接它摇摇晃晃的分量
更不能替它们活着

我只能撑住被秋风摇下来的草籽
希望有一块适宜的地

再种下去
让它们
韭菜一样疯长

声　音

九只小麻雀，跟着一只燕子
练习春天的发音

南墙不高，外面的油菜花一片金黄
积雪一直在墙角顽固不化
如病入膏肓的老妪

燕子叫一声，麻雀喊成一片
河床的冰就开始碎裂
窗玻璃就亮了起来

踏青已是很奢侈的浪漫了
藏身在花丛里
燕子和麻雀分不出大小

长长短短的声音如草尖上的露
透露这里，有春的韵脚
踩疼了诗人的心

芦 草 沟

地，还是去年的那块地
种一季荞麦，倒一茬青稞

柳树一样的女子
挑一担清水回家。此刻
她的小儿子正在上学路上
穿着哥哥的旧衣服

羊圈里
春天的数字变大了，秋天又瘦了
一层层的羊粪
如时常得了炎症的疤痕

芦草沟，不见芦草
只有在坡地上
把腰弯得不能再弯的乡亲
像二月里的兔子
耳朵上挑着惊恐和不安

黄 鼠 湾

一场风刮过
就会扒去一层皮
黄鼠被那个荒年吃光
只剩下名字守着黄鼠湾

黄鼠湾里
总有一些走失的羔羊
随着萤火虫爬坡串巷

屋檐一样低矮的黄鼠湾
总有一个朴素而粗糙的梦
跟小草一起萌动

往乡下走

越往下走，路越窄
此刻，我正通过一条山谷

太阳的光只照到山腰以上的部分
鹰也在上面
恍如隔世的雪在脚下，在我身旁
有些刺目的白

风在加速
我的前襟像要飞起来
而我沉重的肉身
比沉重还沉重

落 日

春天的花瓣落了下来
秋天的叶子也落了下来
如果有风，会更决然
如太阳隐没西山
如望断风景的人，最终回到故乡

敬畏泥土吧——
那里有扯不断的亲情纽带
有花木的根系

在人间，吃过的糖果和苦难
我用腐烂还给泥土

大 沙 沟

大沙沟多数时候是静默的
眼睛在枯水期
一条纵深的沟，只有
大大小小的石头、沙粒子
像布阵的陷阱

已被折腾了无数遍
金子已变为首饰或炫耀的身份
大沙沟又干又瘦
让人有点心痛

六月的沙沟时常发脾气
看到外面那么绿
就会让一些石头搬家
离县城近些

倒　塌

在乡下，我看到一面土墙倒塌下来
它扛过了冬天的大风
此刻，沉重的身子瘫在地上
倒在春天的柔软里

这使我想起那年夏天
一道山梁上，一个哆哆嗦嗦的人
在喊他的儿子
他快要倒下来的样子

他喊出的声音传出去就消失
就像我现在一直盼着一个人
一个永远不会出现的人

我们活着

我们活着
是因为太阳还活着
花朵散发清香

我们活着
是因为许多亲人已经走了
为了地里还在受冻的那棵白菜
活着是最好的理由

我们活着
是因为蚂蚁们已经走了很远的路
为了溃坝不再陷入洞穴
活着是一种责任

我们活着
浩荡的芦苇才不会觉得孤单
博爱的福音像鸽子
从教堂飞向贫民的屋檐

在 乡 下

我看到活在泥土里的蚯蚓

在春天

又一次翻转身子

对着春风和土地亮出他们的

肋骨和心脏

在一个坡地上

和牛一样弓下腰

他们和泥土相伴

掏出对春天深深的谢意

自　然

累了，就头枕着田埂躺下来
擦一擦汗
大碗喝加了盐的熬茶
用以补充挥霍掉的体力
再啃几口粗大饼子
虽然干硬，嚼的是生活的缩影

偶尔也看看头顶上的天
这会儿，却只想闭上眼睛
让蚂蚁爬上脸
让身边的青草更柔软，野花飘香
让风慢下来，缓缓吹拂

没收完的麦子，让它们再站一会儿
成为秋天最后的灿烂
麻雀们都不吵闹了
这人间的安静，难得的自然

草 绳

提起乡下，我就想到一根草，一捆草

被踩倒，被割倒，再捆起来

再被铡刀切碎，喂牛喂马

反反复复在疼痛中一截一截断裂的草绳啊

它们环环相扣，在死结里求生

活结里死去

草这样说

给我一个小小的机会
我就会发芽，像繁星缀满大地

北风太大
我单薄的身子抵挡不了高悬的刀子
随风，绿遍了天涯

我，就站在那里
失败的风走了
风刮过的地方，有我的位置

一个用心的人说
雪把眼泪哭干的时候
必有一株小草
替它说话

在 秋 天

总是在秋天说出心里的爱
尽管手里捧的不是真金白银
金黄的最容易殒命
看大千世界纷纷落下去的
都是曾经的辉煌和尊贵

总是在秋天喊出心里的痛
就像捂久了的伤疤憋不住要说话
那就喊几声吧
就当是一次释放
有疼有爱的尘世才不会荒凉

春天的小手

灰尘装满粮仓
花朵生了翅膀远走他乡
荒凉中，你撇下牛羊
揣着最后的一粒种子
在春天的路上找寻春天

站在高高的楼层
身子置于远离大地的天空
小心翼翼
你用脏兮兮的小手
擦拭春天的镜子

烧 土 豆

火塘里

几粒土豆被拨弄来拨弄去

火，似乎不放过每一寸地方

土豆不断地翻身，将生硬的一面

交付给火炙烤

这多么像我们生活的场景

捂紧被风吹疼的左脸

又把右脸呈现给阳光

途 中 记

霜来得突然

旷野中的玉米秸秆如虚弱的产妇

萎缩而慈悲

置于高坡上的灌木丛

红黄披肩

它们活力四射

叶子、枝条饱满而充盈挑逗之意

载我的火车没有停下来

或许，远方更美

我们只是路过

秋天的马车向远方驰去

深秋

山里的野果子已被霜打得通红

这里是通往下一个春天的唯一甬道

冻硬的地是一条僵死的蛇

那架破旧的马车还在踽踽独行

车上载着粮食、女人以及他们

递向前方的火把

他们是一群用皮袄温酒的人

酒是这个冬天唯一不会背叛他们的挚友

他们的身子滑出城市冰凉的楼层

一层层低下来

低到土地上，让旷野的风吹着

觉得踏实，更有牢靠性

头顶、身旁，重新有陌生的鸟儿、大雁

给他们导航，他们不再迷茫

而缰绳是新的，马喂得足够彪悍

这些被重新武装的马夫

这些会写诗的马夫

在深秋的旷野中。他们的马车

是镀金的

他们是年轻而高昂的太阳

在南山纳凉

南山无树

满山的蒿草

还有灌木，有挡不住的风

俯视山下：有些灯灭了，有些灯亮着

真像是你来我往的一场错过

在南山纳凉

守着黄土上柔韧而倔强的草木

守着那些素不相识的墓碑

学它们长久爱着平安

我把一瓶青稞酒全洒在了南山

该去敲钟了，钟声里有平安

有祝福，有早起行走的人

湟水边静思

为我的诗找一个证词

我无数遍询问、抚摸你的身躯

你给我陶片、青铜

还有朴素的泥巴

一下雨，你就浑浊起来

颤抖，让你泪腺大开

这么久了，我已了解你的脾性

有一只怀孕的母羊走近你

饱饮你的慷慨，让你柔软的心

又一次点亮慈航的灯塔

谷台地，你只有撕裂自己

让胸腔的血流成湟水

坠入河底的石头

收藏了你的恨和爱

我在你的眼睛里看到了天空

看到有彩虹升起

在 路 上

大山说：停下来吧

山顶有积雪

意料之外的雪崩，会吞噬你

河流说：跟我走

顺风顺水

我会送你抵达幸福的海洋

这条路阿爸阿妈走过

前世的牛羊走过

阳光依然明媚，风沙依旧很粗粝

我摒除杂念

像波涛里游动的鱼

夏宗寺（组诗）

1

去寺院的路有两条

一条乘车

很快就能抵达

很快就能见到菩萨

另一条需要爬坡、爬台阶

路上有积雪，有需要怜爱的草木

当我最后一个见到菩萨时

菩萨脸上的笑容没变

菩萨依旧慈悲

2

在我点灯时

前面的人已在归途

我给那盏欲灭的灯添满酥油

两盏灯并排亮着

下山时

我身后的诵经声突然大了

山谷里的草木抬起了头

秋天如此悲凉

秋已深至霜里

风摘走了最后一叶景致

枝丫间的鸟窝

晃悠悠的

茅屋为秋风所破

一只羞于迎风流泪的鸟

在天空盘旋

它小小的脚趾

小小的希冀

该如何安全着陆

桑科草原

大风无遮无拦

泛滥的青草已经爬过了对面的山坡

它们举着小旗子，扭动腰身

一路摇旗呐喊

召唤漫山的牛羊

听命于自然的造化

牛羊们一点都不显得急躁

抬头望天，低头啃草

满目绿色，一样富裕的家园

真担心

肥圆的身子挪不出桑科的夏天

勒巴沟，一条佛性的河

在玉树草原
有一条沟，河水清凉而缓慢
佛语声声，在寺院、在牛羊柔软的心里
在一条长二十公里的河里

水走得一点儿也不急躁
一生不长，缓缓地咀嚼苦难和风雨
把它们刻在石头上
就是一些规劝人心的话

有风雨雷电在肋间穿刺而过
都摁在了水里
被勒巴沟包容、和解

勒巴沟里的每块石头都是肋巴佛
手持经文
二十公里以外，照暖草原的佛光
将更宏大，更亮

宿青城山

春天的小雨
洗了一夜青城
青苔嫩绿的衣衫
让守山的狮子温柔如水
茅舍里又煮了新茶
等有缘的人

所有的路都在向上铺展
沿着石板小径
每条路都通向高处
青城：我不问道
一根瘦竹与我同行

盐　湖

这是一块无限浓缩
又放大的地方

风里有盐的味道
站在缀满盐花的湖面上
深呼吸
盐湖，盐铺设的路，带有盐味的空气和雨水
如聚集起来的蚁军
有晶莹剔透的心

在天空与湖合二为一的蓝镜子里
我们被咸涩的生活腐蚀
亦是一粒痴情的种子
即便天空再一次坍塌
留下来的这些颗粒状的结晶体
是我们骨头上的磷
在发光

盐

一粒卑微的沙子
有浓重的咸涩的味道

平静湛蓝的湖面上
我也开花
其实，那是寂寞中崩裂的伤口
吐着白花花的"血"

我铺路，被踩在脚下
一粒会硌脚
十万粒，我就是一面浩荡的天镜
是一帖祖传的秘方

显山露水，我只愿是个慈悲的郎中
为受伤的人
清洗伤口

小 幸 福

五湖四海的朋友，在盐湖
有一种小小的幸福
都被作为一粒盐
置身此地

那些白白的小晶体
多么像心跳
多么像远方雪山上的雪

而此刻，这些蓄势而动的力量
正在进入我们的骨头
这小小的药丸
矫治沉疴的软骨

风马①，风马

仙女湖的风马
都落户在了湖的四周
它们不想去太远的地方

有这面湖就够了
就像每天有一块润胃的酥油
有煨桑的灵塔
守着湖里自由自在的鱼

越来越多的风马生根在湖边
开满了格桑花

羊和牦牛围着湖转
跟着主人
有幸被风马拂到了额头，那一定是
福气降临了人间

----

①风马，也称风马旗。在纸上拓印有六字真言或吉祥语，在高地、湖边、灵塔旁撒放，用来祈福。

青 海 湖

是因为你炫目的蓝哪

蓝得有些寂寞

人们将十万两黄金熔解成十万亩油菜花

和你搭配

铺设成世上最大最长的经幡

是因为你耀眼的蓝哪

蓝得有些苍凉

才有了长途而来转湖膜拜的信徒

他们虔诚的头颅、四肢

磕打地面，惊飞起一群白鹭

微荡的湖面，黄金泛滥

早年间曾掉进湖里的一首诗

被万条裸鲤托举起来

悠悠地挂在东山顶上

车过德令哈

在德令哈，我更加寂寥
没有一滴雨水打动我
那么多的石头，那么多的骆驼草
一辈子学会了坚守

我的行走很潦草
还未能体味一下骆驼唇角的那抹盐
一阵风，一幕人间的木偶剧
将我抛向更深的沙漠

而我，只能是一只沙蜥
在滚烫的沙子里反复练习翻身

走过桑多河

抵达桑多河边时，拉姆家的帐篷里
刚好升起炊烟
奶茶有青草的味道，像翻滚的桑多河
一个滚烫
一个还很凉

已经五月了，河边的青稞在破土
那么慢，着实让人心焦
桑多河似乎等不及了
也不欠什么
它只是一浪一浪地向远方流
如迁徙的牛羊

其实，一切不用那么着急
只要再往前挪一挪
一个九色的甘南，九色的桑多河
会留住更多的故事和人

致 母 亲

太阳那么伟大
但它从不说话
母亲那么贫穷
富养了我一生

故乡的山

凹凸不平的山峦

是父亲起起伏伏的胸脯

散乱的石头

将痰堵在了胸口

大山深处流出来的溪水

又多么像一个小小的奢望

走走停停

一会儿，失去踪影

一会儿，又在一座大山脚下

弯曲成一条蚯蚓

你的笑如鹿铃般美好

我别无所求

我只希望你的笑声如鹿铃在人间摇响

尽管秋有些凉，路依旧黑

你腿上狗咬的疤是我永久的疼

我很惭愧

这已成我心上的顽疾

我不喜欢你用哭来展开情节

那样很凉，就像这苦涩的季节般无常

你一笑，我就会醒

我愿人间美好，你暖和

坟上的草每年都长出新芽

那是我献给人世的花

我依旧说着爱

我为什么要来到这个人世
带着喑哑的声带
不止一次，仰望星空抬高我的头颅
我是适合于哪片雨水下的禾苗
一生如一块麻石
有沉默的斑点和洗不净的苔藓
在荒凉的戈壁，给我的红鬃马寻觅
果腹的黑豆
它让牙齿发出钢一样响亮的鸣叫
它有宝石的硬度

我的呼吸是一朵小矮花的呼吸
淋过一场又一场大雨
我在雨中喘息，在漫天大雪中站立
一直告慰自己
为途中遇到的每一棵树让道
用贫穷的手掌和路人握手
向草木行注目礼

我油灯般的希望尽管微弱

但我还在热爱

像给门楣换新对联一样

期待下一站，会有一列快车

鸣笛，向我招手

生　命

有些花在枝头上灿烂无比
有些花和碎草活在一起

风一吹
它们都是春天的美丽

一瓣一瓣地枯萎
是苍天垂落的眼泪

缝 补

窗户纸破了，要补

衣服破了，要补

缝缝补补，像完成一件杰作

我穿针引线，像母亲一样

认真、节俭

我为一根面条补筋骨

给炉灶里补煤

为一页残缺的日记

追补回忆

风，是世间的过客

总欺软怕硬

我的羔羊，我给它一块

暖和的皮袍

饥饿时，我从口袋里掏出一小块面包

空旷的夜里

远方的水声依旧像呻吟
它是我听到的唯一的音乐
满坡的石头坐姿不变
显得更黑更亮

大树网状的手指伸向天空
向四野八荒
找一条合适的出路

毗邻沙石、草根、虫豸的地方
我是头排的勇士
却走在最后面

云，也有归途

天上飘荡的云

这些漫无目的、喜欢漂流的孩子

走动是唯一的出路

抱着被雨打湿的身子

一直在滑行

向某个所去的方向

它的脾气是把自己变成一团乌黑

令人寒畏。更多的天气

它以烂漫、柔白、宽容的表情

肯定对世间的爱

真的，云真的有归途

霞光披在身上

那就是黄金所在，白银流泻

来 青 海

觉得孤独，心荒凉了
你就来青海

跟上用花儿挽住云朵去挖虫草的人
跟上那些用身子丈量大地的人
跟上鹰飞向雪山的翅膀

油菜花谢了，不要紧
青海湖永远汪洋般的蓝

一座又一座的寺院
牛羊跟着牛羊

一路上，镌刻了真言的石头
都是期待你拥抱的亲人

这名字依旧新鲜如花

你的名字是水晶做的

喊一声，日子就透亮透亮

时光的墙就白了起来

锅里的白菜也飘出了百花的香味

一路喊着你的名字

像读一首最美、最短的诗

里面的隐喻、意象、张力

提炼的每一句是蜜

每个字都幸福

头发白了，皱纹深了

唯有你的名字

越喊越亮，越值得珍藏

时光碎片

今 天

清早，我的紫罗兰开了
我捧着她到大街上走一走

大街荒凉得太久啦
穷得只剩下堵塞的车辆、刺耳的鸣叫
啤酒瓶，还有乞丐

我要在每一个站牌下插朵花
让等车的人走出焦虑
让富有的人、贫穷的人都对着花微笑
仿佛置身春天

对一张白纸忏悔

一张白纸，被我揉成肮脏的一团

像被尘世蹂躏过的雪

白纸生性干净

唯有纯洁的心配得上它的肉身

我应当忏悔

白纸一样铺平自己

让鸽子的翅膀清扫

让蚂蚁喊着口号一路畅行

给抬墓碑的人

留一块歇脚的地方

告 别

风声会停下来
闪电的伤口是宇宙的裂缝
哪怕整个世界都在下雪
还有诗歌陪我们说话

你看见荒芜里的那株草了吗
摇摇晃晃地生长
一棵白菜在秋地里轻啜的声音
唤醒我们麻木的灵魂

不要再写满纸的虚情假意
也无须哭天抹泪
那一切，都是徒劳

一如初心

跨过那座飘摇的小桥

我望见了你

一动不动的你

像草地上未雕饰的一截原木

你一直卑微地显不出高度

而我看见你啦

我平视的目光里

你这条不死之鱼

是我坚持活了一生的理由

红　梅

雪不来，你不开
唯有飞雪中那一树火焰
是绝配

一滴殷红的血渗出了雪
一位青春的女子透露了秘密

都是匆匆从远方赶来的
一个抱冰，一个抱火
抱在一起

而此刻的我，只能触摸
触摸你泛红的心跳

在深冬的山巅
我看到平原的灯火
如春天的野孩子

还债的人

快过年了，杀猪宰羊

快过年了，讨债还债

一列车厢里，一辆大巴里

都是着急回家的人

一张张皱巴巴的脸，一车厢的汗臭味

一个个辛辣呛人的烟圈

一个是为清算工钱推迟十天回家的人

一个是坚守值班五天的人

一个是误了归期临时翻山越岭的人

他们在同一个车厢

吐着同样的烟圈

肆无忌惮地聊老婆、城市新闻

只是说到自己的父母时

摸摸贴胸的口袋

头，更低了，眼中噙泪

爱的理由

书法，所要达到的是
力透纸背，方显功力
金秋的魅力
在于收尽天下辉煌，为己所有
不惜动用镰刀或更先进的设备

一切的目的
免除不了残忍甚至杀戮
就像秋风肆意扫荡不毛之地

而对于你这株草
我却动了恻隐之心
只有怀着柔软的悲悯
方能俘获你的芳心

经历了太多刀子划过颈项的疼痛
对于冷、硬这些寒凉之词
你已不屑

雪燃尽了就是春天

雪落到地上，到了人间
就学会了燃烧

一粒雪不可能走进春天
繁华的枝头挂不住它晶莹的眼泪

雪懂得融化，像一根肋骨
最终要埋入土地

待到山花烂漫山冈时
雪只是一条清溪

风来了就打开窗子

请不要拒绝风

风吹过来时，请打开窗子

潮湿的屋子需要打扫

还有那些赶不走的臭虫

也让风带走

因为，风不会在一个地方停留

世界太小

无处安放它的翅膀

春天的土豆

又是一个撩人的春天
庆幸那么多人又张开了飞翔的翅膀

而我是一枚跨越了冬季的土豆
我将回到泥土里
请别笑
这就是我的诗，我的生活

发芽了
证明我对这世界依然保持新奇
腐烂，是我
永久地爱上了土地

一 个 人

在寂静的角落里，一杯凉开水

安静地等人，等时光进一步老去

一个人有着怎样的孤独

撑起内心的强大

问一问旷野里的树吧

看一看天边的孤云

再远的路，蚂蚁为了活着还在走

太阳在落，必须落

心里的金黄击溃虚无的庞大

远方的路上，修行者

在车轮扬起的尘沙里，若隐若现

像码头，又像渡口

假 如

假如还能走得动路
就尽量多走些，在慢慢地走动中
将生的、硬的、遗憾的
都消化掉

假如还能写首诗
就不用风花雪月的形容词
尽量把笔握紧，字写正，写含蓄
像祖先一样遣词造句

假如还能喝点酒
就尽量喝温过的，免得伤胃
再伤心

假如想起远方的亲人
就不打电话，去看一眼
丈量一下
亲情间的距离还有多长

味　道

在人间的铁锅里

我品尝着各种味道

第一口，我尝的是母亲的乳汁

当时，我正哭闹得厉害

我莫名其妙地哭得撼天动地

后来的日子，后来的各种味道

挤进了我的喉咙，我的心

有辣，有苦，有不可言说的隐喻

雪被我当作一碗白糖

长长的甬道里灯火摇晃

明明灭灭，亮暗不一

就像血管里的血

要用盐水清洗

微弱的光照亮硕大的世界

二百零六根骨头
二百零六根火柴。这小小的火把
我一直节约着使用

尽管城市的灯光如烟花般明亮
我一直坚信一根火柴在黑夜里闪耀的光

掌声停下来时
会留下更多的孤单

我从体内取出滋养丰腴的火柴
灭了一根，再点燃一根

这小小的火柴
点一根，就少一根

忘 了 吧

说出忘了吧这个词时
雨，倾盆而下
一把遮挡风雨的伞
穿不透雨墙
你在这边
我在那边

忘了吧
时过境迁
你我已模糊了对方的脸庞
而只有那场雨一直在下
下得心里一阵阵地凉

新的一天

携清晨的第一缕阳光
向你问好
新的一天

不畏惧这一天的霜有多冷
不在乎这一天的雾霾有多重
尽管旧伤口还在发炎
我依然要从心里说一声
新的一天，你好

北风呼啸
牛羊依旧需要一片草场安身
被雪覆盖的大地看似一片迷茫
风铃悦耳的声音破雾而来
新的一天，你好

打开日记的扉页
写下导语、祝福词

粘贴上微笑

这悲欢的人世

痛，但依然爱

冬天的羔羊，抱紧我

大雪纷纷扰扰
面对一片荒芜和苍凉的草原
冬天的羔羊，来吧
抱紧我
让我们供出心底残存的热爱
轰轰烈烈
制造一场人间的欢愉
不要保留什么
不再有所顾虑
天边的雾霾正在赶来
之前，我们能做的
只有点燃骨头里的火焰

心里的那片海

心里的那片海，还没被魔鬼发现
它奶水一样丰盈，有奇幻的色彩

允许各家商号的船，运来瓷器
美人蕉以及用草木灰写就的经文

在这片海域
我种植玉米，繁殖梅花的根茎
允许狐狸偷窥兔子洗澡

我也将收留那两个忧郁的少年
在沙滩上捡拾贝壳
留下他们划破了脚趾的血印

秋天的羊，走着走着就少了

散漫的羊
只有雨水会集中它们
黄昏的炊烟里晃动着它们的影子
它们听命于头顶上的鞭子

羊只知道吃草
哪儿有草，它们就向哪儿靠拢

一群羊走过草原
一群羊翻过了秋天

诗是有毒的，像罂粟

钟爱于一枚糖果

我试图剥去紧裹她的那层纸

品尝她的味道

她在一页白纸上铺展自己

摆出各种姿势

无情人只欣赏她的艳照

有心人抵达她的内心

读一首好诗，就是洗一遍心

她教会我走什么样的路，流什么样的泪

读一首诗，我中一次甜美的蛊

诗是有毒的，像罂粟

她给我欣喜，惊雷闪电

给我肉，给我血

我宁愿为她长跪不起

雪

独舞者，踉踉跄跄
步子凌乱
遇到风就更凌乱了
它在乱中求生
在乱中取胜

大地一片白，身份大白于天下
一片苍茫写下唯一的证据
雪挤着雪，雪挨着雪
雪，爱上了雪

返 乡

我是一只黑乌鸦
我的叫声与世间的美好格格不入
飞了那么远，没一片天空收留我
我要回到自己的家

我要蹲在那萧瑟的树上
面对一片鱼塘
再远点，都是故去的老乡
他们已腐朽
星星点点的磷火眷恋着孤凉的村庄

我要用黑翅膀拍打黑夜
不厌其烦地喊他们的魂
直到月儿圆了
直到四面的山齐刷刷挺直腰身

独饮苍茫

披着薄凉的霜衣
走进冬天的风

大河结冰，小河干枯
雪崩的声音临近

狼还摇晃在荒凉的草地
雪豹凸显自己的躯体

冰天雪地里
我仍然咬牙爱这苍凉和冷

野　菜

灰条、苦苦菜、"兔耳朵"
辈分低贱，行事卑微
名字都透着淡淡的苦味

因为野，你遍地开花
因为野，你四海为家

那年饥荒
你把身子放在粗瓷大碗
救活了一个年代

在一罐药汤里
你和其他的兄弟姐妹
让枯萎的生命复活生长

而今
你在精致的瓷盘里
从油腻中长出青翠，绿出可爱

一棵野菜

一个满身青绿

乖巧懂事的孩子

秋 天 里

秋天来的时候

燕子的双翼滑向蓝天

你无所谓

一年到头你盼的就是秋天

秋天的天也让你激动

秋天里你有许多事要做

站在地边

你拿出一个伟人的气质

用心去读摇来摇去的麦浪

麦浪柔软地向你涌来

像女人的姿势

秋天的太阳照耀着你

从你身上透出秋天的清凉

在你低头哼一支稔熟的花儿①时

大片大片的麦子就熟了

①花儿，西北民歌的一种形式。

看羊吃草

草场丰腴
一群孩子在家园歌唱

一群羊
一群温顺的羊吃着草
像狼撕扯猎物的肚肠
心里不痛不痒

羊吃过的草地显得荒凉
草又在荒凉中努力生长
长成又一群羊的食粮

又一群羊包围了草场
挺着圆圆的肚子
翘着胡子
站成胜利的模样

草一茬茬没长大就被吃光

羊一群群没衰老就已死亡

我想起一句古诗
风吹草低见牛羊

春天，一群孩子

最后一枚叶子被风带走
那是一块冻僵在冬天的干粮
阳光倾泻在青草地上
发酥、发热，有奶酪的味道

一群春天的孩子，三月的花木
彼此沾亲带故，相互指认
你和一枝杏花握手
桃花搔了他的头
穿一身白的梨花笑我太黑
我说：没办法，爹妈给的

他们面向太阳
一瓣一瓣剥开花的心事
暮色四合，月亮升起来
不安分的夜里
风，揭走他们心上的疤痕

收 藏

我把一些旧的坛坛罐罐摆上书架

它们不完美，都带有残缺

我让它们和书相邻，平起平坐

它们都来自乡下

它们身上有几千年的遗韵

都带有先祖们的影子

我读书我也读它们

读它们随意草率的画工

读它们经历过的故事

读它们身上的疤痕

尤其在静夜

它们会活过来，像祖父站我对面

跟我说话

清 明 雨

四月的花伞终没能撑住一片
低矮的天空

一场雨不期而至
洒向尚未返青的草，扑向墓碑
更多的是渗进寂寞了一年的荒土堆

风微微地吹着
邮递着阴阳两界的家书
一些吹眯了眼睛的黑蝴蝶
挨挤着，相互搀扶着
找寻回家的路

与天气无关的清明雨
摇曳着痛的枝蔓
和思念的花朵

写在冬至

在这个越发寒冷的冬天
围着火炉，我的手是一面墙
吸收火苗上升起的光
在这一天
仿佛有太多的感想
南北方的太阳有了一致的方向
思念，在热锅里煮成饺子
除了暖胃，更多的是点亮蜡烛
感动于这一刻的相约
冬至——剥开这个日子
我装上麦子、油籽，还有玫瑰
把它做成船的样子，月亮的样子
放归各自的位置

夜　里

其实，夜并没有什么不好
它是一只巨大的胃
白天，你没有啃动的所有东西
都被它装进去反刍

夜里，最适宜泯恩仇
你一生中惹的祸
伤的那个人
会与你促膝长谈
化干戈为玉帛

可以抚琴，阅经
不动身，遨游大江
袅袅素香中
静听一朵花的开放和哭泣

取出胆汁
放进酒里

浇在丹田上
对着苍茫的夜大吼一声
回音，撑破了你的茅庐

裸露的石头

因为上游断流
春天，你在河床静默
席地打坐
停止一切的恨和爱

三月的风筝在天空奔跑
穿越你的胸腔
视线的高处
总有好看的花开放
好听的风在唱
但一切太远，遥不可及

你只想有件朴素的衣服
跟普天下的孩子一样
在父母膝下贪玩，偶尔溅起
几朵波浪

这是一个天真无邪的孩子
简单而不奢侈的恳求

命

终没能长成一棵会发言的大树
风一吹，就絮絮叨叨
像一株草
我有草一样消瘦的门和跑道
如乡下的路
如父亲越搓越紧越长的一节草绳
拴着一瓶酱油
挑着一壶寡淡的酒

我命如纸薄，我沉默如铁
风雪之夜我练习翻身
朗朗晴空下我翻晒灵魂
在河心里摆来摆去
我有草的韧性
我用一节骨头制成笛子
和暗夜里刮起的风抗衡
我听到的哭声和笑声
都是无声

花 儿

从黄河岸边的崖壁上飘下来
打个旋儿
又升上去

花儿，你想来就来
满山遍野

花儿是一滴泪
在酒碗里泡着，越久越浓
那一声声揪心揪肺的吼声
在天空，在花丛，酣畅淋漓

日子里
一块长在心尖上的肉
刀子也不忍心下手

老 驴

我很瘦

瘦得像主人劈开的一块干柴

但我不能点燃

唯一的工作就是驮麦子拉磨

一辈子，没走出过村庄前面的山梁

浅浅的蹄印在肥雪上低吟

蒙上眼睛也知晓哪块地该犁

风从山梁上吹下来

将一阵凉

停歇在低洼的阴坡里，无声无息

我驮起最后一口袋饱满的田野

走向修建在阳坡上的家园

这一天我简单而心安

像拉磨一样

将这一天画圆

浑　浊

一场雨，让江水
不清不白

泥沙混入其间
阴谋泛起旋涡

白鹭迁徙的两只翅膀
像破布衫

当一切都不能自圆其说时
清和浊，各执一词

雨过天晴的江水
依然讨人喜欢

难怪有那么多人跳进江里
为了洗清自己

暖

一根火柴已临近生命的尾声
像一株衰竭的稻草

风似乎没有要停下来的意思
窗户纸在呻吟
一件旧衣服不那么御寒了
而你已不想再脱掉
围着红泥小火炉
捂紧自己的心
你哪儿也不想去

吃了一辈子的那碗素面
一直熟悉并爱着她的味道
就像你忠贞地坚守
这个既有风雨又有阳光的冬天

叶 子

落下来时，风姿绰约

你太轻了

很容易想到鸟儿身上脱落的羽毛

借着风势

你忽东忽西，像无常的人世

不会有人懂你此时的悲伤

你落在地上，撞在岩石上

还会漂在水面上

哪儿最低，你就向哪儿坠落

哪儿最暖和，你就在哪儿腐烂

尘 埃 (组诗)

1

一粒土，离开土地
就变成了飞尘
土里，能长出好东西
也能让一些旧事腐烂掉

2

晴空下的大广场
很多时候，我都不在现场
爬上广场的蚂蚁
不是被忽略，就是被踩死
肉眼难以看见的虫子
结伴过河
但抵御不了高地上的旋风

3

荒原上的一棵草，水里的一株芦苇
都有相似的命
活着就是修行、修性、修身
又矮又瘦，伴着干枯
回落到泥土、水底

4

一个湟水边长大的孝子
面对佝偻的先辈和不断出行的人
湟水的呜咽是他喊出的疼
南北山上积雪终年不化
如他头缠的孝布
他磕的那些头，神都领受了吗
峡谷弹回的声音里
透着伤感和沧桑

5

多年来，我朴素的陶罐里

只装着一掬清水

我在四千年前出生

有泥塑的耳朵

喜欢作画的父亲

在我身上文满了青蛙、太阳的图腾

而我的母亲，偷偷在我的脖颈

用泥巴，塑了一株青稞

6

夜空下，遥远的星眨着眼睛

离我那么远

那渺小的光如一枚刨出地面的土豆

而我一直在追求

我植于地里的云杉

死的多，成活的少

我一直没终止

除草、施肥

7

一个对生活疲倦了的人说
我是误跌人间的尘粒
抵不了一片雪花轻薄的非礼
其实，雪压住了欲望
洗掉身上的灰
抬头和低首只是表现的一种姿态
菩萨的眼睛
只有平视

8

在草地上
我是专心吃草的牛羊
在学堂
我是胸怀天下的书生
闪电撕裂天空时
我是独臂的苍鹰

走过寺院
我是芸芸众生中的一只木鱼
轻轻地响一下，亮一下
确切的身份

9

时常对着这条河发呆
河水依然在流
它从不会对一个迟疑的人留下叹息
除了向东流
它一直在用翅膀拍打两岸
有时缓，有时急
这多像我对待亲人的脾气呀
我的粗鲁
却得到了最大的宽恕

10

大雪满天时，路上不见行人
此刻的花朵都在沉睡

做春天的梦

一枚秋冬里来不及凋落的叶子

瑟瑟发抖

因为贪恋人世

它又在承受冬风和雪的扑打

等到春暖花开了

它才会脱落

在春天谢幕之前

找到自己的路

11

我终究要走出森林

不再在摆来摆去的轮渡上摇晃

山坡上的野花有些蔫了

土地那么肥沃

父亲的镰刀也锈了

需要重新打磨

就做一块磨刀的基石吧

将自己慢慢磨小，磨成沙

铺向山径

12

我有庞大的泪腺

一边装着苦难，一边盛满花蜜

我有巨大的忧伤

像溪水，启开一微米的唇

我有小小的喜悦

如江水，滔滔不绝

13

我的房子是一块石头

被雪压得越来越低

天空浩大，它愈显得孤独

风催老了它

催硬了它

它比黑夜冰凉

比太阳热

14

只要世上还存有最后一块玻璃
它就会落上灰
需要一天一天地打扫
提着扫帚的人
每扫出一块干净的地方
都把自己弄得
又脏又黑

15

雨过后，还有雪
播音员就是预言家
豹子选择逃亡
羔羊走失的地方，牧人也失去方向
一团雪也是迷茫
来一道闪电吧
虽然会疼，会被灼伤
一粒滚动的尘埃

一生的路那么漫长

伤口上浸着露珠

至死也不绝望

诗 作 者

你将一部长篇小说一缩再缩
将散文拆得只剩下骨头
在大雨里奔跑
去捕捉闪电的翅翼

你敢冒天下之大不韪
和乞讨者分一杯羹
你把绽放的花朵比喻成眼泪
往伤口上撒盐，总想
在刀尖上旋舞

一个殷实的家被你搬空
撬起水泥板，刨出新鲜的泥土
将清泉引到院里
浇开不了花的草木

你空荡荡的家园里
自由，举着灯来回穿梭

拥 有

其实，你所拥有的大都将失去
一株稻草
只不过是丢掉了放弃

你呼唤爱，我熄灭了火
天空还在燃烧
云杉还在生长

焦裂的大地上
草忙着缝补纵深的沟壑

泄愤崖上

好多事你还没想好
或许就不想做
面对悬崖，你跳了下去
像瘦小的昌耀
那一声孤独和愤懑的痛啊
在空谷里久久回荡

或许，你只是做了唯一想做的事
将自己解体
像籽粒
埋入大地
将流浪了很久的露珠
交还给了树叶

三叠泉有感

看哪，那些扎成堆的小人儿
往下跳了三次
才稳稳地接住了大地
如我的童年、壮年和晚年

平原上的晚霞多么公允
此刻，风剐蹭过的疤痕、漏洞
可以忽略不计

又回到了那片种土豆的地里
我将沉寂在泥土里

暮色一点一点走近时
我听到了
泉水喊出的欣喜
多么像一个玩累的孩子，在田野里笑醒了

我活着是因为骨头没坏死

肉已被剔得差不多了
包括赘肉、烂肉
只有精瘦的骨头还支撑着我
所以我没倒下

骨头不值钱
除了熬汤，刀子也惧怕骨头会冒火星
骨头立着，我活着
因为我的骨头还没坏死

在 兰 州

在兰州
就为了看一眼穿城而过的黄河
吃一碗牛肉面

那又细又长又弯的拉面
多么像黄河
在祖国胸脯上流过

而黄河铁桥
是一架拱起的脊梁
让羊群借对岸的灯火，源源不断地进城

抵 达

像油菜花在五月喜爱做梦一样
我热爱每一年中的每一月
每一月中的每一天

别人喝咖啡的时候
我出门已围上了围巾
将麻绳搓得又长又紧
我将刀子搁在案板上
准备回来时切菜，开启酒瓶

我预演了很多种情节
比如遇上劫道的，遇到冻伤的兔子
比如遇到悬崖，没有渡船的河
我都能应对

只有一种情节，我无法控制
那就是夺眶而出的泪水
在伸手不见五指的夜里

它会流出来

抵达岸边时

它也会流出来

我敬畏那些渺小的事物

它们都很低微，让我担忧
下雪了，还要出门刨食吃
要挽紧手臂过河
在荒芜的秋野里开放自己的美丽

怯怯地在风中摇曳
谨小慎微地活着
用活着的方式赞美这个世界
它们的微笑铺满大地

世界很大，而它们很小
它们小小的爱，在人间传播
像燎原的草
像明灭的灯火

漂　洗

走过的地方，路旁
总有一些树像我的影子
被时光拉长、缩短
它们是云杉、杨树。有的像沙柳、荆条

泪水每天被阳光漂洗
疼痛被风吹走
记忆中的每一朵花
都妩媚动人，眼角含泪

辽阔的大地上，我长大、衰老
有风折不完的枝丫
目光低垂，我看见
大树的间隙里
枯而返青的草，没有一株是多余

慢慢地，我丢掉了哭泣

慢慢下山
均匀地呼吸

不再想天高地远的事情
可以和一株草、一条溪流合影
慢慢地心如止水
不再有汹涌的波浪

慢慢地，和亲友们对话
将消息传递给对方
祝福健康
扶起泥淖里的蚂蚁

逛一逛花园，坐在长条椅子上
慢慢地丢掉哭泣
用一张旧报纸
卷起往事，看蓝天上飞过的鸽子和纸鸢

在 海 边

大海要做的事很多
它很认真
义无反顾地扑向岸
一条道走到底

在一块礁石上，它哭得那么痛快
毫不保留爱的潮水
多么像春天冒出来的小草
在泥泞里摔打自己

它在海底种植珊瑚
深水里养鲸

而我，只是个抱残守缺的人
站在大海边
深深鞠躬
学习向人间忏悔和道歉

欢 喜

站在黑夜里
把黑涂在身上
电影里一闪而过的白马
就是一个暂停的手势

站久了，就有点喜欢它了
它凝重，严丝合缝
像哑默的喉咙和嘴唇
像我的前半生

不再有新的创意
全部的黑我背在身上
把腾空的白天给你
愿你在白天欢喜

风吹河湟

风，不停地吹过河湟
两岸的麦子熟了
金灿灿的麦穗谦卑地低着头
这些饱满的麦子，每一粒
都是菩萨手里的佛珠

风吹河湟
像浪花狠狠地拍打两岸
我的不安和抽搐
随流水起伏
像一首忧伤的花儿

风，每年从河湟上吹过
送一些人远走
带一些消息回家
而我，已习惯了，让风从肋间穿过

祈 祷 词

愿流水再缓慢些，等一等
误了船的人
愿披着冷霜的花朵
抖落脸上的阴影

钟声每天在高处响起
回荡在草木间
蚂蚁期望的彼岸
有洞穴和粮食

愿巴颜喀拉雪山
不要化掉
愿每一个人心灵中的远方
有一座佛塔

我祈祷
渐冷的冬天
活在冰层下面的鱼儿呼吸均匀、自然

像我

原谅吹在脸上的大雪

是匆匆的过往

跋

　　她薄薄的，如风中的一片叶子。没有序，亦没有评。

　　她悄悄地来，也会悄悄地落入尘埃。

　　总觉得，我写诗就像在拔鬓角丛生的白发，拔一根，就疼一下。欣慰的是，疼过之后，觉得自己的心还没那么老，血管里的血还没有堵塞。

　　对于疼爱我的人世，我更愿意揭开那些结痂的疤，再将伤口磨平，使之愈合。

　　诗让我活着。尽管总为写不出一首像样的诗苦恼，但是值得。我想让我和我的读者在字里行间感受到一种无法剔除的痛。

　　唯有痛，让我感到知觉还存在，知晓肌肉的酸痛。始觉活着不易，世间的生灵万物皆不易。

　　唯此，我们才会抱有愧疚之心，学会善良，学会感恩和报答。

尽力写好每一首诗，以诗歌的方式感恩身边的人和所处的时代。用诗歌取暖，照亮脚下的路。

　　我在爱我的世界里
　　广种薄收
　　我努力挤出来的每一个微笑
　　一半是感恩
　　另一半还是感恩

　　若能如愿，以上文字是为跋。